句集

旅の靴

浪江啓子

朔出版

句集　旅の靴　目次

装　丁　奥村靫正／TSTJ
扉挿画　著者

句集　旅の靴

一九八七年―一九九一年　東京
（昭和六二年―平成三年）

手に受けて銀杏落葉のあたたかき
一九八七年

湯けむりの消ゆる高さや赤蜻蛉
一九八八年

どんぐりの影どんぐりの大きさに

眉かたき朝の少女や水木の実

雪やみし桜の幹の赤さかな

海牛の紫を噴く春の潮

一九八九年

一枚は土に刺さりし竹落葉

蕎麦畑の花へ下り来し山の霧

威銃《おどしづつ》月山に雲集まりし

雪晴や兎跳ぶ跡あたらしき

一九九〇年

パンジーの花びらすべる春の雪

満潮のしづかに埋めし蟹の穴

東京の屋根の連なり桐の花

松虫草パリの花屋に束ねられ

一九九一年

モスクワへ荷を固結び桃の花

一九九一年—一九九五年　モスクワ

（平成三年—平成七年）

一九九一年

地下鉄の人混みに売るヒヤシンス

白樺の林に入りし雪解道《ゆきげみち》

鶏のべつかふ飴や復活祭

モスクワの浮雲白き四月かな

レーニン像の頭をはねて雀の子

トラックの荷は少年兵花林檎

裏木戸に林檎のつぼみ正教会

クローバー踏まれ小径となりにけり

プラウダで包みてくれしカーネーション

プラウダはソ連共産党中央委員会機関紙

トーポリの絮《わた》浮きモスクワ川ゆるく

トーポリは街路樹に植えられたポプラの一種

菩提樹の花の降り込む乳母車

ジャスミンの丘に花嫁佇《た》ちにけり

八月クーデター

戦車ゐるモスクワ川の八重葎《やへむぐら》

クラスノゴルスク　三句

墓洗ふ樺の林に貨車の音

露けしや墓に漢字とロシア文字
白樺の種降る日本兵の墓

幹打つて啄《き》木《つつ》鳥《き》のまた登りけり

日本の蜜柑一個を手のひらに

初雪の氷となりし草の上
天辺のポプラの枯葉川へ散る

風花や錠前古き修道院

山羊の子の前脚立つる霜の夜

灯の遠き枯野に人の踏み出せり

一九九二年

フランス　ル・コンケ島　十二句

岬への道しろじろと冬ざるる

むらさきの海月《くらげ》はりつく冬の浜
牡蠣すする知らぬ言葉の中にゐて

枯あぢさゐ海風吹けば響き合ひ

冬鷗大聖堂の残骸に

冬の川たどり鷗の海へ出る

枯草の起きては倒る風の島

冬薔薇《ふゆさうび》重たき雲に色ともす

いづこよりと問ひし神父の息白し

初鴉高まる波に向ひたる
フランスの岩ばかりなる恵方道

初凪の暗く澄みたりブルターニュ

樺冬芽米粒ほどの雪のせて

胸元に新雪埋め聖女像

キルギス　二句

イシク湖へ落ち込むばかり冬の雲

雪山は昏れキルギスの夕晴るる

雪降るや闇に匂へる毛皮帽

ウオツカをあふり勲章売る二月

ミサの鐘雪解雫の音を追ひ

チューリップ雪に挿されて売られをり

東京　三句

鰭酒のあふれ帰国の乾杯す

煮凝《にこごり》を箸の崩せる無言かな

パンジーや笑ひ顔してひしめけり

手に灯し赤の広場の復活祭

玉葱の皮で染めしと彩卵《いろたまご》

囀りや雲の明るき杉の梢《うれ》

教会の下の小川の初蛙

リュック背にたんぽぽの野を神父かな

ヤクート　十句

シベリアの真青な空を朝燕

レナ川を渡り切らんとつばくらめ
朝の市バケツで運ぶさくらんぼ

眉間ひに藪蚊止まらせヤクート人

口琴《こうきん》を白夜の空へ鳴らしけり

白樺の花から花へ蜘蛛の糸

夏祭手裂きの小布はためかせ

馬乳酒を注ぎ夏野にこぼしけり

白樺の小枝ではらふタイガの蚊

夕焼の底に朝焼はじまれり

鈴蘭を樺のしづくの打ちにけり

一レース終へて水打つ草競馬

夏果つる涙のやうな松の脂《やに》

ハンガリー　四句

湖に向くサナトリウムの金魚草

マジャールの馬に汲み上ぐ秋の水

井戸の水馬が飲みゐる天高し

秋風の立つやそばだつ馬の耳

猫の足乗りて枯葉の音立つる

初雪の修道院に残りをり

くるみ割人形終へて雪しぐれ

雪の夜サーカス小屋のまたたけり

ロンドン　三句

ロンドンの騎兵の稽古冬霞

劇終るごとく窓閉づ冬館

冬の日やジャスミン紅茶のうすにごり
雪の上に枯草出でて吹かれたる

窓越しのイコンを眺めクリスマス

泳がんと四角に切りし凍る池

寒泳の焚木を森に挽きゐたり

モスクワをうすくれなゐに寒夕焼

佇めば音を失ふ雪の森
雪止みし青き夕べの一つ星

赤松の雪積めるまゝ暮れにけり

一九九三年

サーカスの熊の一礼お正月

ぼうぼうと林の赤き春隣

水仙の葉を一ルーブルと花屋かな

赤き芽に触るれば冬の日の温み
凍る川スキーの跡の教会へ

女らの唄ひ出したり猫柳

氷浮くモスクワ川を夕鴉

嬉しさや夕餉の卓の菠薐草《はうれんさう》

東京　三句

飛行機を降りて成田の八重桜

蛇の子のかたかごの花離れざり

簪《かんざし》を山に挿すごと桜かな

白樺の芽吹くロシアに帰り来ぬ
歓声をあげて古巣へ初燕

木洩れ日の径は泉へ出でにけり
さはさはと雨の降りそむ樺若葉

大通り人ゐなくなり雹叩く

キジ島　五句

草原の日向《ひなた》つめたき昼寝の背

忘れな草伸びてゆるるや草刈場

草刈女あたりにひびく口喧嘩

花野径正教会へつづきをり

夏終る船尾に褪せし三色旗

コスモスやレーニン通りのはじまりに

グルジア　二句

グルジア兵遠き空見る黒葡萄

樽に滲むコニャックの香の秋気かな

榲桲《まるめろ》のジャムを煮たりと女の輪

指先に秋の寒さや書机

黄落を終へてしまひぬ樺林

目貼りしてカーテン引いて灯ともせり

初雪が午後の吹雪となりにけり

土曜日の一人の夜を煮大根

東京　二句

ふくらみて七里ケ浜の冬夕日

蕎麦つゆをすする師走の帰国かな

新雪の暮れ残りたるモスクワへ

カリンカに声を合はする外は雪

教会を越ゆるひと鳴き初鴉

一九九四年

石炭の山なるバケツ橇で引き
外套を脱ぐや開演五分前

オネーギンはね高かりし寒の月
雪雲のしばらく月を見せにけり

白樺の幹のひび割れ雪しづく
音もなくレーニン通りの火事終る

大根の陣中見舞日本より

凍解《いてどけ》のウラルの空や朝茜

春風や手編みのレースかかげ売る

白樺の低きに巣箱尼僧院

こぼれ日の枝に頬擦る雀の子

川岸のたんぽぽ牛に喰はれけり

くれなゐの一片ほどく花林檎

実桜の伸びたる影を耕せり

少年兵少女と坐る貸ボート
夕波に乗るかるの子の弾みかな

スウェーデン　五句

大鹿の来るやも知れずハンモック

紅茶飲むときアカシアの花降れり

夏夕日赤い硝子の十字架に
色々のペンスで払ひ青りんご

北海の青よみがへる秋日差

トルクメニスタン　十八句

バザールに羊繋がる朝曇

鶏を逆さに薄暑の町帰る

朝市の積めば転がる青りんご

涼しさや地面に広ぐる絹の糸

宮殿の柱なりけり蟻の穴

パルテイアの跡に小さき芥子の花
くれなゐを砂漠に散らし芥子の風

芥子朱くカラクム砂漠はじまれり

炎天やニサの遺跡の縁崩れ

問ひたげな大きな眼裸足の子
片蔭を羊の列の過ぎゆけり

蜂の尻ふりふり潜る夏薊《なつあざみ》

駱駝行く日除けのやうな瞼下げ

トルクメニ老人座せり新樹蔭

噴水の午後は休みとなりにけり

夏の暮バスの行先ペルシア文字

市中《まちなか》に男屯《たむろ》す夏の月

蠅乗せてアシハバードを飛び立ちぬ

キルギス　二句

キルギスの花野に立てり白樺

はにかみて少年の言ふ茸の値

リュブリナ　三句

秋草の根を深くせり兵の墓

杭一本花野の墓となりにけり

墓守が別れの手振る秋の風

八月の雨の夕なりするめ噛む

城壁の苔の広がり秋時雨

家中の時計をいぢり冬時間
寝つかれぬ寒さとなりぬ死亡記事

踏む人の歩調に合はずの雪の道

軍人が手籠に提げる寒卵

モスクワの小さき北窓冬花火

旧マルクス通りのクリスマスツリー

寒釣人獲物は猫の餌といふ

かぶら煮る鍋は親しき音立てて

一九九五年

数の子を提げてオランダより来たる

ヤロスラブリ　六句

靴底に凍るボルガの厚さ踏む

村つなぐ白き道なり凍る川

酔ひどれのうづくまる道冬オリオン

ボルガ川夜明けの岸に霧氷咲く
兵隊のスキーが滑るボルガ川

雪晴の深みゆく村灯りたる
建て終へぬまゝの古城やはだら雪

シベリアを越えて来たりし雛立てる

灯ともせば雛小さき影をもつ

ルーマニア　二句

辛夷《こぶし》咲く革命広場ブカレスト

ドラキュラの城へ山道すみれ草

モスクワの芽吹きの風に送られし

囀りのひときは高き日に去りぬ

一九九五年―二〇〇〇年
（平成七年―平成十二年）

東京

帰国の荷ほどく小部屋の花明り

桜まつり離れ一もと山桜

ウラジオストク　二句

アムールとウスリー出合ふ金鳳花《きんぽうげ》

歯朶の葉をくぐり清水のアムールへ

あめんぼう跳んでぶつかるあめんぼう

新生姜囓る荷解きのきりもなし

枝豆の塩うつくしき日本かな

十六夜《いざよひ》の月の出でにし米を研ぐ

納沙布の海のきはまで末枯《うらが》るる

択捉《えとろふ》の海より村へ秋の虹

母訪へば零余子《むかご》の味を言ひにけり

岩襖こぼるる水に秋の蝶

さやけしや轆轤《ろくろ》に合はす指の先

暖房車子の母の読む漫画本

終弘法《しまひこうぼふ》母の手に取る絹端切れ

一九九六年

細見綾子先生

寒紅の口もて歌ふ米寿かな

モスクワ　三句

浮橋を挟みモスクワ川凍る

夕木立凍るボルガへ影伸ばす

電柱の十字架のごと雪野原

中央アジア、コーカサス　四句

雪すべるサマルカンドの青タイル

冬ぬくしバクーの大き松ぼくり

寒木瓜《かんぼけ》にカスピ海より朝来たる

旅の靴冷たき小石ころげ出る

ロシア極東　六句

はだら野へシベリア鉄道横切りて

白鳥の帰り来るよとチユクチ人
チユクチの子吹雪の中で大喧嘩

ツンドラの果なる棲家《すみか》春の星

地吹雪を春になりしと言ひにけり

凍る海エンジン吹かすヘリコプター

オホーツクの海を動けり春霞

択捉の笹にうぐひす来て鳴けり

雨雲のちぎれはじめて初燕

ロシア極東　二句

綿すげやマガダンの野に揺れやまず

砲台の海霧《じり》に濡れたりカムチヤツカ

引潮の砂より聞ゆ蟹の息

チエーホフの黴の頁を開きたり

色丹島《しこたん》　二十句

人の住むひとかたまりの秋灯し

窓の灯の流れ星より暗きかな

夕月夜鉄の影なるロシア船
霧動き色丹島の朝となる

砂浜の砂に根づきし草紅葉

村ありき草に隠れし秋の水

草の墓秋潮見ゆる丘の上に

秋寒や落成祝ふ魚汁

じゃが芋の湯気立つ正餐始まれり

床屋過ぎ駐在所へと草の絮

ボンネットバス待つ釣瓶《つるべ》落《おと》しかな

白樺にひびく川音鮭上る

傷つきし鮭に浅瀬の水迅し
秋日さす海月の足のひらひらと

秋濤を前へ後ろへ鷗鳥

島陰を素早き秋刀魚水の色

波間より鮭ひるがへる力かな

鷗の羽根浮く色丹の秋の海

島包む秋夕焼のやはらかし

桟橋に握手で別る星月夜

紅小さき戦場ケ原の吾亦紅《われもかう》

初芒男体山へ立上がり

勤め明け名月小さくなりゐたり

波砕けやまぬ納沙布花ふうろ

燈台の長き霧笛を国後《くなしり》へ

択捉の紅葉とらへし遠眼鏡

秋の日やはぐれラッコの小波立つ

国後へくぐらん秋の虹の門

秋灯の絶ゆる島影長きかな

投錨す花咲近き星月夜

病室に母の欲りたる庭の柚子
大いなるまゝに沈めり朴落葉

河豚《ふぐ》を食ふ男の旧約聖書論

町工場更地となりし寒夕焼

一九九七年

選びたる壺に火の跡桃の花

ひよどりの海よりもぐる藪椿

初花の幼き木より咲きにけり

高遠の花を近くに星やさし

辛夷咲く峡《たに》の底まで朝日かな

雨つたふ枝垂桜の広ごりに

山一つ芽吹の色となりにけり

めだか群る池に議事堂屋根の影

海霧晴れてきたる緑や色丹島

三日止まず島の冷たき夏の雨

海路終ふ花咲港の夕焼に
夜半の蟬霞ケ関に鳴き止まず

動くもののある静かさや金魚鉢

猫の目に夜の台風近づきぬ

国後島　十句

秋の浜長き昆布に小さき根

秋雨の港ただよふウオツカ瓶

サハリンへ帰る艀《はしけ》の秋灯し

国後の海の暗さや天の川

濃竜胆《こりんだう》塹壕跡の荒れ土に

錆びつきし戦車の陰や赤まんま

酒壜の砕け花野に刺さりたり

艀より手渡す西瓜一個づつ

秋桟橋手荷物小さき少年兵

本を読む石炭船の窓あけて

雪空に白ととのへり冬薔薇

仁和寺の庭はづれなる冬菫

煤払笛吹天女に残る紅

春支度こけしの頭撫でて拭き

一九九八年

桜貝三日の海に出て拾ふ

船にとび乗れり漁師の冬帽子

流氷を背に落日を見てゐたり

エリツィン大統領訪日　三句

燕の巣川奈ホテルのバルコニー

石楠花《しやくなげ》の名を問ふロシア外交官

燕とぶエリツイン去りし伊豆の空

雀の子首細るまで空見上ぐ

重なりし奥の明るき橅若葉

紫陽花の下で雀の土を浴ぶ

やはらかに咲けるがごとし楠若葉

みんみんの鳴き止む間を聞いてをり

朝採りのみづとて置けり通り土間

急ぐほどくちなはの身のくねりかな

こけし屋にこけし少なし萩の花

此の岸の水の濁りに水葵

夕顔や廓の裏の浅野川

秋の日や廂を深く能登瓦

耳かきで花弁ととのへ菊花展

沢木欣一先生

酸素マスクはづし談論クリスマス

冬の晴水草に小さき泡生るる

枯蓮をゆく鴨径のあるごとく

一九九九年

恋猫の桜の幹に爪を研ぐ

菜の花へ笛吹く人のゐたりけり

エプロンを縫ひしと母の薄暑かな

百日紅乾きし土に花こぼす

合歓の花終の棲家と母言へり

鬼灯《ほほづき》を見ればば誰もが何か言ふ

白萩の一つ開きぬ谷の風

爽かや素焼の茶碗一列に
せせらぎの響きてゐたる無月かな

十六夜や朴の葉影の一つづつ

黒松の肩にやどり木紅葉かな

初咲きの山茶花早く散りしかな

海の風入れて色濃き蜜柑山

二〇〇〇年

キルギスの山下りんとす初寝覚

明け星の光ゆるまず寒茜

花の色まづ蘖《ひこばえ》の蕾より
雨の匂ひのこる夕風初桜

夜の雲動きてゐたり春の星

伸びてゆく橅の細きに囀れり

母が数珠失くしたりしと五月尽

一本の蔓に重たき葡萄かな

野分雲一隅に寄る牧の牛

ウズベキスタン　二句

ウズベクの小さき大根うすみどり

冬菊や土の少なきヒワ遺跡

武蔵野の曇ればやさし冬紅葉

二〇〇一年（平成十三年）　モスクワ

蓬萊《ほうらい》を飾るロシアの新居かな

凍雲の奥を太陽照らしたり

歌ふごと鐘鳴るロシア聖誕祭

ウオツカのつまみや凍てしななかまど

明けきらぬ屋根に音たて寒鴉
スープ煮る窓打つ吹雪強まりて

白樺の炎短き暖炉かな

聖堂の屋根を歩きて雪下ろし

十字切る物乞の手に雪の舞ふ

ウイスキー濃くして雪解雫聞く

ゴーゴリ像の肩の雪解く日差しかな

三月の厨明るしセロリの香

青空の窓を開ければ雪解風

鼻欠けしスターリン像斑雪《はだれゆき》

さいころを本屋で買へり四月馬鹿

復活祭ミサの鐘聞き豆を煮る

イルクーツク　二句

花びらの凍てつく日本兵の墓

冷たさの墓に供へし加賀落雁《らくがん》

ヤースナヤポリャーナ　四句

初蝶や掘り起こしたる土くれに

トルストイ眠る森の端囀れり

囀りて首かしげまた囀れり
少年と少女土筆の丘登る

星一つ低く白夜にまたたけり

黒すぐり果汁になりて澄みにけり

蓋開けし救急箱に西日さす

時計鳴る赤の広場や去ぬ燕

鈴蘭や花より大き赤き実に

白樺を好み赤げらつつきたる

日の翳り玫瑰《はまなす》の実に残る艶

おほかたの茸は採らず茸狩

石ころに躓《つまづ》く道や星月夜

ロマノフ朝のはじまりを読む長き夜

カーテンを上げて初霜告げにけり

旅の靴　畢

あとがき

俳句に興味を持ち、自分なりにぼちぼち始めたのは、昭和が終りに近い頃。縁のなかった世界へ踏み入ることにおじけていたが、句を作ってみても一人では物足りなくなり、手探りで「風」という結社に加わった。

以来、沢木欣一、細見綾子という両師に恵まれ、「風」全体の充実した環境にいられたのは幸運だったとしか言いようがない。そして「風」赤坂句会に参加したことも忘れられない。ひと月に二回、金曜の夜六時半、東京赤坂の裏通りにある区民会館の一室に駆けつけた。辻通男、大坪景章両先生に学んだだけでなく、勤めのあと出席する句会は仲間の個性もあり、解放感とともに大きな楽しみになっていた。

ここにまとめた句は、「風」に参加していた十三年間の作である。沢木先生の選を得て掲載された五〇〇余句をもとに、三七八句を選んだ。

この時期はまた、東京とモスクワを交互に居住する期間に重なった。住んでいた土地で、そしてそれ以外の場所でも、句を作り続けていたのだと改めて認識し、この世を去ってしまった方たちや、句を通じて親しく思い出される人々への敬愛と感謝の気持ちを込め、句集にしてみたいと思うようになった。

　最初に在勤したモスクワでは、ソ連からロシアへの体制移行の混乱期。生活上の不自由も強いられていた。句作をどうやら続けられたのは、赤坂句会幹事であった内藤恵子さんの励ましのお陰でもある。

　二度目のモスクワ滞在中に沢木先生の逝去で「風」が終刊し、自分の中にあった、句を作るよりどころを失ったようで、すべてが途切れてしまった。そうした心のあり様には、従うほかなかった。

　題名「旅の靴」は、〈旅の靴冷たき小石ころげ出る〉から取った。国外にいても、日本にいても、職務の関係もあって多くの旅をした。色丹島や国後島など北方四島へも度々出かけた。この句集は、旅の靴からころげ出た小石のようなものかもしれない。

　今も外にいて、国内の事情には疎くなる一方の私であるが、本にするにあたっては、赤坂時代の仲間の一人であり、現在は「りいの」主宰である檜山哲彦さんに力添えをいただいた。また、朔出版の鈴木忍さんには、一つ一つ希望を快く聞いていただいた。お二方には、心からお礼申し上げます。

二〇二〇年五月　行く春に

浪江啓子

浪江啓子（なみえけいこ）

1946年東京生まれ。東京外国語大学ロシヤ語学科卒。
ソ連時代のタス通信社東京支局、英文誌編集などを経て、
モスクワ日本大使館広報文化センター。以降、外務本省、ロシア、
オランダ、エストニアの日本大使館勤務。現在オランダ在住。
訳書『何をなすべきか』（N.G. チェルヌイシェフスキー）ほか。
著書『昭和の上野で』。
「風」1987年入会、1991年同人、1996年風賞受賞、2002年終刊。
「りいの」2015年入会、同人。
現住所　Dr.Martinus van der Stoelstraat 20,
2251RL Voorschoten, Nederland

句集　旅の靴　たびのくつ

2020年7月15日　初版発行

著　者　　浪江啓子

発行者　　鈴木　忍

発行所　　株式会社 朔《さく》出版
郵便番号173-0021
東京都板橋区弥生町49-12-501
電話　03-5926-4386
振替　00140-0-673315
https://www.saku-shuppan.com/
E-mail　info@saku-pub.com

印刷製本　モリモト印刷株式会社

ISBN978-4-908978-48-7　C0092